閱讀123

狐狸一族心探險 1

不能說的禁忌

文 王淑芬

圖 蔡豫寧

目次

1. 我討厭你

小狐狸在五月出生，名叫初夏。初夏是個好奇的孩子，看見什麼特別的東西，必定停下來瞧一瞧；不但瞧一瞧，還要想一想；不但想一想，還要跳一跳。

跳啊，跳支優雅的舞，
跳支開心的舞，跳支「碰恰
恰、碰恰恰」三拍子的舞。

「停！」

「別跳啦！」

「身為狐狸，跳什麼舞啊？」

原來是初夏的同學，他們不但不欣賞初夏的舞蹈，還對她很不滿。最不滿的就是住在初夏家隔壁的白尾。

白尾搖搖又長又白的尾巴，不高興的說：「我媽說，做狐狸，得有狐狸的樣子。不必像老虎那麼凶，但也該有一點點凶。」

說完，白尾張開嘴巴，露出尖牙，做出一點點凶的樣子。

初夏沒被嚇著，繼續跳舞。一邊跳，一邊說：「謝謝你給我靈感，這支舞，就叫做一點點凶。」

她還打拍子，像在唱歌：

「碰碰碰——碰，碰碰碰——碰。

有點凶——嘿！有點凶——哈！」

同學們看了覺得沒意思，

就不理她，上學去。

太愛跳舞的初夏果然又跳到忘我，這一天上學又遲到了。

狐狸老師是四月出生，於是叫作四月。四月老師總是不知道該拿初夏怎麼辦？例如：上學遲到，是否該處罰？

白尾大叫：「當然要。」

四月老師問：「怎麼罰呢？」

白尾想了想，想到一個方法：

「罰她不准遲到。」

「可是她已經遲到了，怎麼辦？」四月老師又問。

白尾又想：「對了，罰她不准跳舞。」

初夏瞪著白尾。世界上她最喜歡的事就是跳舞，誰不讓她跳舞，她就討厭誰。

她對著白尾說：「我討厭你。」

「哇！」全班同學都嚇壞了。

四月老師好像受到極大驚嚇，她用長長的尾巴摀著臉，彷彿眼前是無比可怕的景象。

但是，所有人之中最驚恐的，是白尾。只見白尾不只尾巴白，腿也漸漸變白，接著臉和耳朵也發白。最後，全身都白了。

白尾張著嘴，卻說不出話，只發出低低的嗚嗚聲。

初夏也呆住了，像是一尊石狐狸。

她白著臉，嘴唇發抖，望著白尾，眼睛慢慢的、慢慢的，開始有點溼潤。

初夏哭了。

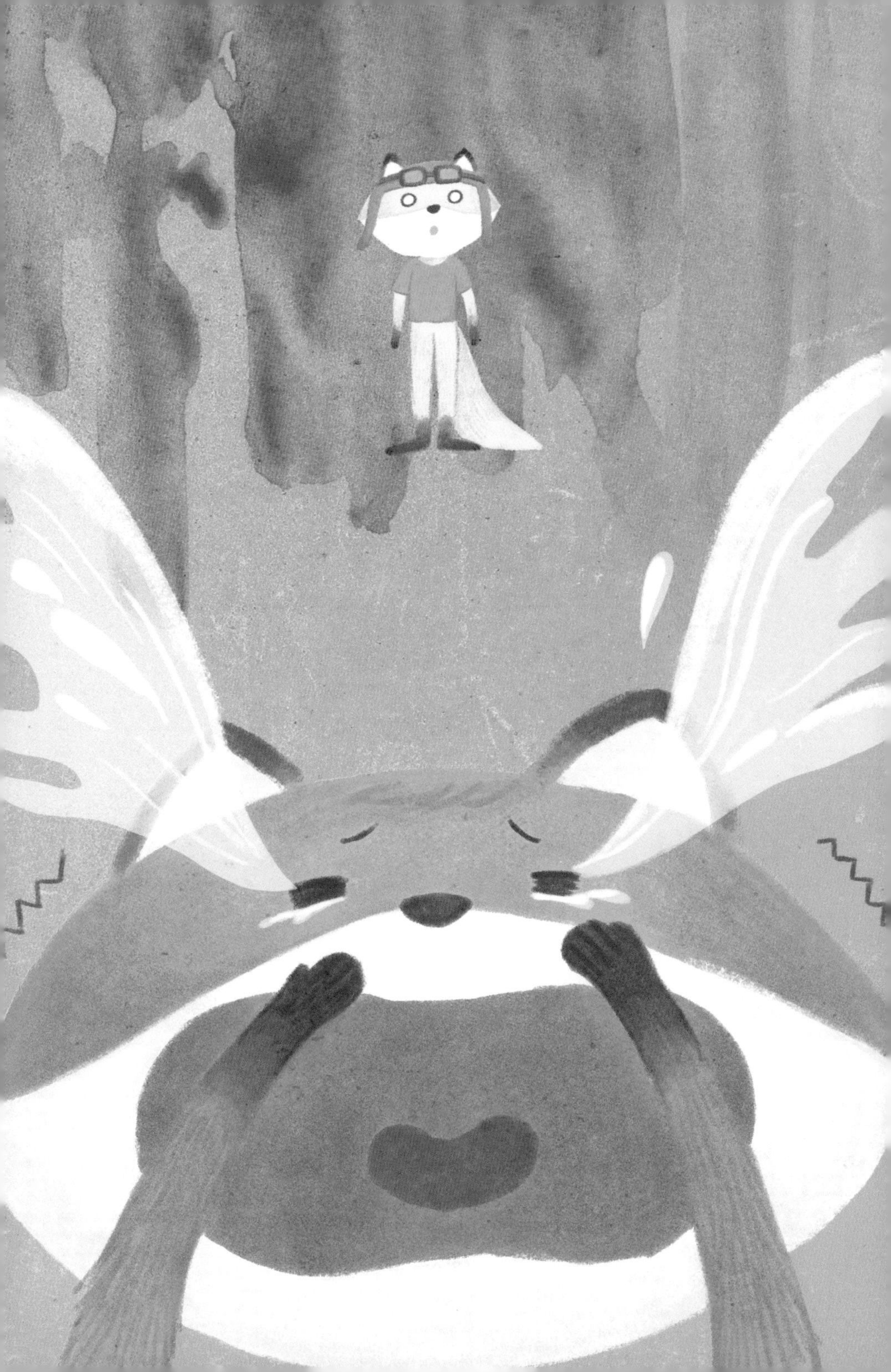

原來，整個森林的狐狸一族中，有個流傳已久的禁忌：絕絕對對不可以對任何一個人說出「我討厭你」。一旦說出口，那個被討厭的對象，就會真的被所有人討厭。不只如此，連家人、鄰居，甚至遠方的親戚，都必須討厭這個人。

這句話沒有辦法收回，也不可以反悔。不能才說完「我討厭你」，下一秒就改成「錯了，我不討厭你。」

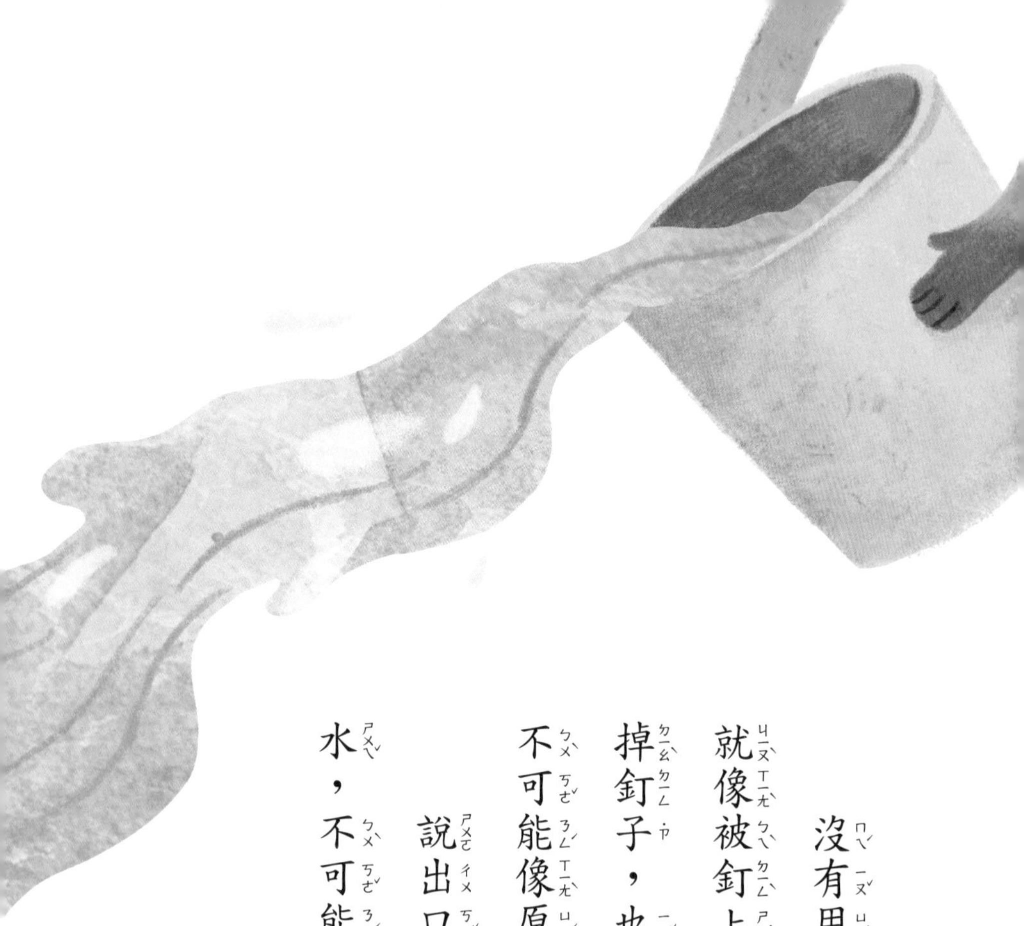

沒有用的，說出去的討厭，
就像被釘上釘子的木盒，就算拔
掉釘子，也會留下一個個小洞，
不可能像原來那樣平滑。
說出口的討厭，是被倒掉的
水，不可能再吸回杯子裡。

從這一刻開始，白尾必須被眾人討厭，不會有人理他，不會有人跟他手牽手一起上學。

大家都得離他遠遠的，澈底討厭他。

唯一的辦法就是，換白尾也對另一個人說：「我討厭你。」

只要把「討厭」的棒子交給下一個人，就解決了。

這就是為什麼初夏在哭。

初夏知道，接下來只要白尾對她說出這句咒語，就換她過悲慘日子。而她，還能把討厭的棒子交給別人嗎？

當然不行，那多惹人討厭啊。

為什麼剛才那麼輕易就脫口而出呢？初夏現在後悔也來不及了。

大家等著，連四月老師都從手指縫中，將雙眼張得大大的，等著白尾冷酷的對初夏說出這句話。

但是，等了很久，直到下課鐘響，白尾都沒有說。

他只是低著頭，一直寫字，應該是假裝在寫作業——因為老師又沒出作業。

那天放學的路上，初夏不再蹦蹦跳跳，也不再蹲下來仔細觀察路邊的小石子、小花朵。

她的心裡有個聲音在說：

「不如，來跳支垂頭喪氣的舞。

碰——碰——碰痛，碰

碰——碰痛。」

但她知道，在事情

解決以前，她是不會有

心情跳舞的。

白尾也在回家路上，當然是一個人。

從現在開始，他必須忍受被所有人討厭。剛才，狐狸校長已經通知了白尾家裡，他們現在也必須加入討厭白尾的行列。

今天起，就做個孤獨的人吧。

白尾一面想，一面假裝無所謂，頭還抬得高高的呢。

「都怪那個討厭的初夏！」白尾好氣好氣。

「哼，自己一個就一個。誰怕？」

白尾給自己打氣。

為了消除心裡的煩悶，他走得很慢，反正回家也沒人敢理他，乾脆慢條斯理的在森林散步。

就像初夏，白尾也時不時蹲下來，聞聞花朵，找找草叢裡有什麼怪東西。

「誰？」一個聲音響起。

白尾也問：「誰？」

草叢裡，露出一張臉，

原來是初夏。

白尾警告初夏：「依規定，

你得離我遠遠的。」

「離多遠？」初夏問。

「不知道。」這點，古老的傳說中

倒沒講清楚。

其實應該說：從來沒有人討厭過誰，這件事沒發生過，所以嚴格的規定是什麼，要如何遵守，根本沒有人知道，當然更沒有寫在課本裡。

一點點風，吹在白尾的鼻尖，癢癢的。

白尾抬頭瞪了初夏一眼：「都是你！」

初夏也瞪白尾：「都是你！」

然後，他們兩個就離得遠遠的，各自低頭做自己的事。

離多遠呢？就五條尾巴遠吧。這樣應該夠遠了，遠到沒有辦法牽手呢。

不一會兒，白尾又開口：「這裡有朵黃黃的花，不知道有沒有毒？」他還先澄清：「我可不是對你說話，我是在對空氣說話。」

於是，初夏也對著空氣說：「我看見了，那種花沒有毒，但是輕輕拍一拍，花瓣會一片片飛起來。只要閉上眼，聞著空中的點點小黃花，就會想跳舞。」

話還沒說完，白尾居然跳起舞來了。

因為他一聽到「輕輕拍一拍」，就跟著拍一拍。

聽到「閉上眼」就跟著閉上眼；聽到「聞著空中的點點小黃花」，就深呼吸，用力聞。

白尾跳起舞來。

「停！身為狐狸，跳什麼舞啊？」

他急忙大喊。

但是他停不下來，他的腳像是有自己的意志，

不聽指揮的跳著舞。

初夏見了，也忍不住跟著跳。

她一面跳，一面打拍子：

「碰恰碰恰，碰恰恰碰恰。」

當然，他們還是離得遠遠的。
有五條尾巴那麼遠。

之後，一連幾天，兩個互相討厭的人，
都假裝心裡煩悶，到森林裡來拍拍小黃花，
然後離得遠遠的，各自跳起舞來。

「碰恰碰恰，碰恰恰碰恰……」

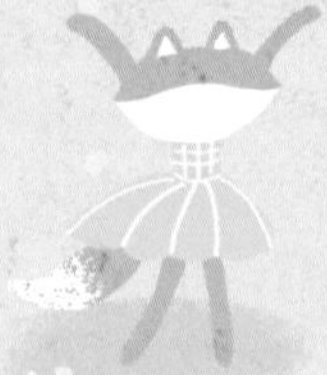

2. 路上撿到一首歌

白尾必須被所有人討厭。全森林中，最難過的就是白尾媽媽。她小心的問狐狸校長：「您確定所有人都必須離白尾遠遠的嗎？」

校長其實不太確定，但正因為不確定，所以不敢冒險。他好意告訴白尾媽媽：

「萬一你違反規定，反而害白尾更被討厭怎麼辦？」

白尾媽媽都快哭了，她拿出手帕擦擦眼角、吸吸鼻子，勇敢的說出想法：「這樣好了，我請白尾對我說這句咒語，換我被討厭。我不怕。」

可是，校長不認為這是個好辦法。他大聲問：

「你要害你兒子成為全森林最不孝順的孩子嗎？難道大家會喜歡一個害媽媽被討厭的孩子嗎？」

白尾媽媽哭了。

窗邊也有一個小小的、吸鼻子的聲音——是白尾在窗外偷聽。

校長偷偷教白尾媽媽一個方法：「你可以表面上討厭白尾，離他遠遠的，但心裡仍然喜歡他，這樣應該沒問題。」

白尾媽媽擦掉眼淚，大聲對著窗外說：「我心裡可喜歡白尾了，全世界我最喜歡的就是白尾。」

白尾不哭了，他也在心裡說：「全世界我最喜歡的就是媽媽。」

放學後，白尾心情好一點了。

他走到小黃花路上，蹲下來、閉上眼，嗅著美好清新的香氣。他對著空氣說：

「今天，不如來跳一首快拍子的舞，

蹦蹦恰——蹦蹦恰……」

五條尾巴遠的地方，也有個聲音對著空氣說話：「快拍子舞聽起來不錯。」

是初夏的聲音。

白尾站起身一看，只見初夏兩手各拿一片葉子，正搖頭晃腦的哼著歌。

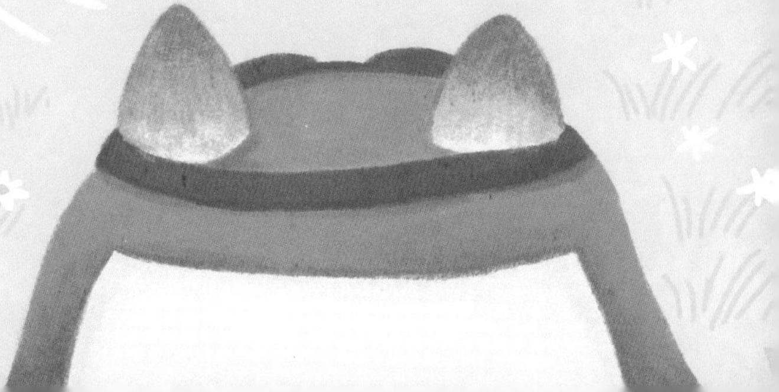

「難道有人忘了，是她害我被討厭的嗎？」白尾生氣的對著空氣說。

初夏也對著空氣說：「難道有人不知道，就是因為這樣，現在大家也不跟我玩了。」

初夏笑咪咪的，顯然，她早就習慣一個人在森林裡散步，找奇異的花朵，哼自己的歌，跳自己的舞。

他們各自往回家路上走，一面走又一面各自對著空氣說話。

初夏說：「有時候，自己一個也不錯，清心。有時候，兩個一起也不錯，單純。有時候，兩個互相不理也不錯，安靜。」

但初夏根本就不安靜，她一下子打拍子，一下子轉圈圈，還嚷嚷著：

「我最新的舞步，叫做轉半圈、踏踏踏。」

「哎呀。」初夏叫了一聲，原來她踩到一片特大的葉子。

初夏眉開眼笑，「路上撿到一片大葉子，好運。」

這樣如果下雨，她和白尾就不怕被淋溼。葉子夠大，兩個躲進去還是可以離得遠遠的。

又一天，初夏撿到一枚貝殼，

她喊著：「路上撿到貝殼，好運。」

聽說古時候的人類，會以貝殼當作錢幣，用來買東西。

白尾問：「能買到不被討厭嗎？」

初夏看了白尾一眼，低下頭，不說話。

第五天放學時，白尾走著，忽然停下腳步，大喊：「那是什麼？」

路邊的大石頭上，有個小籃子，籃子裡放著餅乾與果汁，都是白尾最愛吃的。

白尾取出籃子內的一張紙條，哎呀，白尾眼睛發亮了。

這是媽媽的字。

於是，他坐在石頭上，準備吃塊餅乾。然後，他又想了想，對著空氣說：「紙條上寫著：誰都可以吃。」

初夏吞了吞口水，慢慢走過來，

白尾則慢慢走開。他們保持著五條尾巴遠的距離，開始吃吃喝喝。

白尾想：「媽媽真聰明。」

隔天，白尾在回家路上撿到的，是他最愛的蛋糕與果凍。

再一天，他除了撿到好吃的糖果之外，還有一本故事書。

白尾坐下來，大聲讀著：「從前有個可愛的小男孩，跟媽媽感情很好……」

白尾讀著讀著，心情也變得很好。

五條尾巴遠的初夏，也嚼著糖果，不斷點頭，對著空氣評論：「這本書寫得真好。」

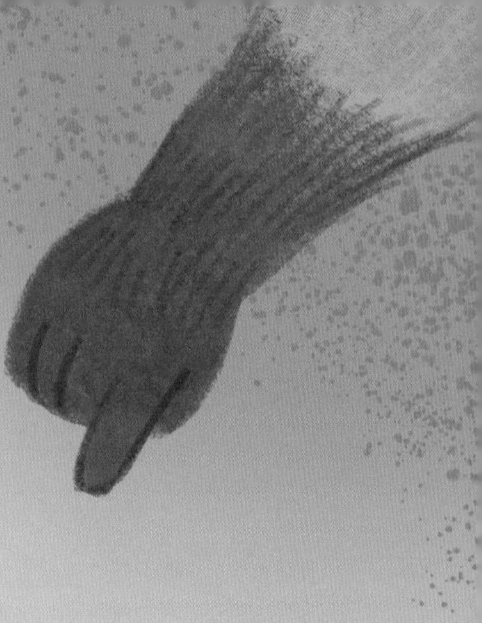

可是，村民向校長告狀，說白尾媽媽偷偷為白尾準備許多好東西，讓他大吃大喝、過著幸福快樂的生活。這樣，還能叫做「被討厭」嗎？

校長皺起眉頭，很煩惱。告狀的村民還說：「違反流傳下來的規定，說不定會帶來可怕的厄運。如果我們狐狸一族有不幸的事發生怎麼辦？」

白尾媽媽知道了，低下頭來，對校長說：「我只是把東西放在森林裡，沒有違反規定。」

「可是……」校長嘆口氣：「這樣吧，你放在森林裡的東西，不可以讓白尾快樂，要讓他不快樂。」

白尾媽媽抬起頭，愁眉苦臉的問校長：

「什麼東西會讓孩子不快樂？」

校長說：「比如，吃起來很苦的菜、喝起來很臭的飲料，或是寫到半夜還寫不完的作業、穿起來很醜的衣服。」

「誰會給孩子這些可怕的東西啊？」

白尾媽媽更苦惱了。

遠遠的，正在偷聽的白尾笑了。他想起，紅狐同學有一次穿著一件印著「宇宙帥」三個字的衣服，大家都笑他。

白尾媽媽說：「我才不給白尾這種東西呢。我不怕。」

接下來的日子，白尾與初夏在回家路上，繼續撿到更多東西，比如：一大包鮮紅的莓果，一塊香噴噴的乳酪蛋糕。

有一天，白尾撿到一個很特別的東西。在滿滿的水果中夾著一張紙，上面是媽媽的字，寫著：「想媽媽的時候，可以唱歌，唱那首我們一起唱過的歌。」

白尾不說話，也沒心情吃東西了。

從前每晚睡覺時，媽媽都會帶他一起唱：

「小河流，流過我的腳。小斑鳩，停在我的窗。小寶寶，躺在我身旁……」

白尾想念躺在媽媽身旁的時刻。

「路上撿到一首歌，真幸運。」初夏說。

但她想起這一切，都是從她說的那一句「我討厭你」開始。

「為什麼，白尾媽媽心裡明明喜歡，卻得依照規定，假裝討厭孩子呢？」初夏生氣的對著空氣大喊。

她又說：「為什麼以前會有這種奇怪的規定呢？為什麼說出口的話，不能反悔呢？」

還有，為什麼明明是這麼奇怪的規定，卻沒有人覺得奇怪呢？

她看著白尾，不跳舞了，並在心中暗暗下了個決定。

3. 歷史的教訓

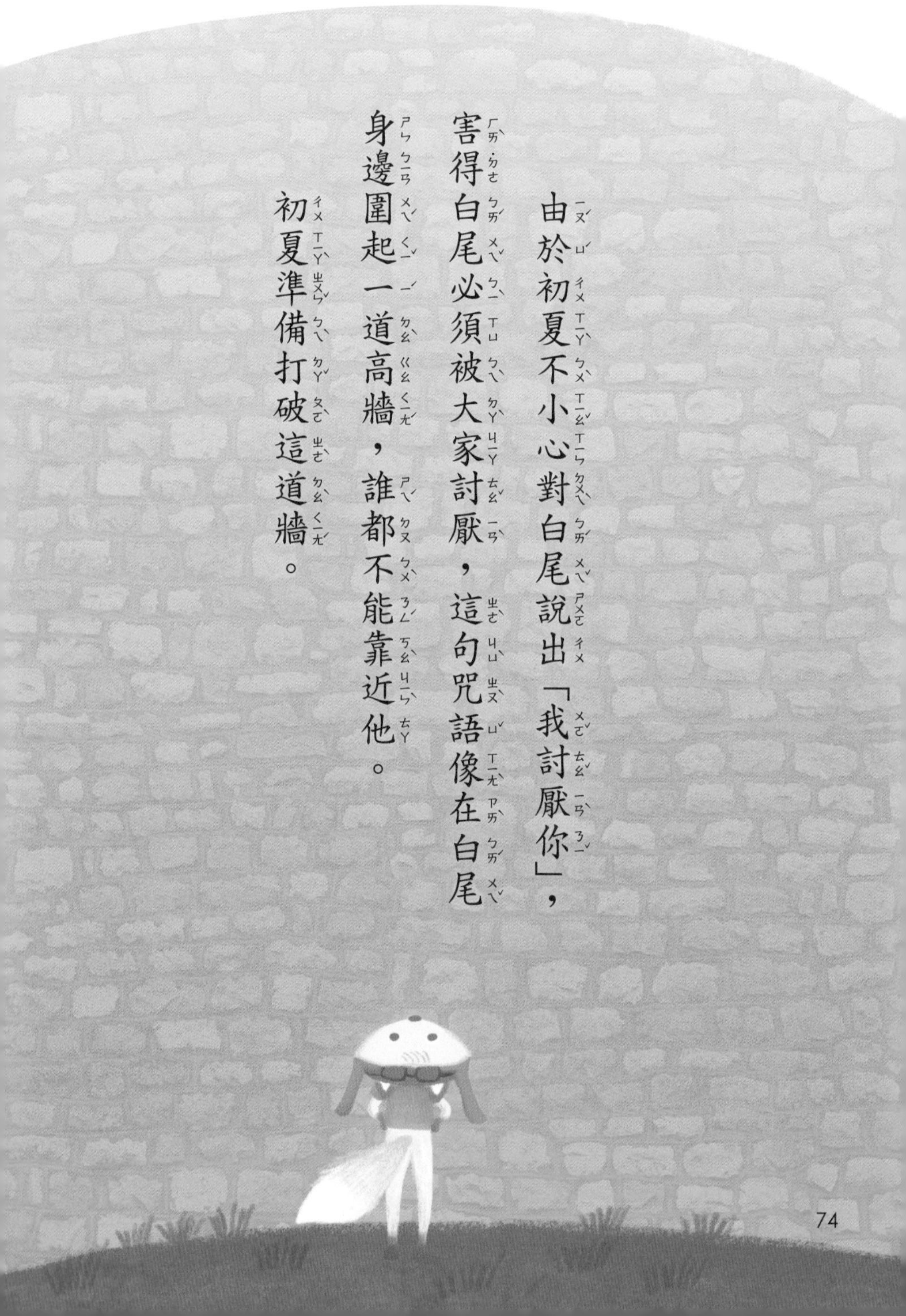

由於初夏不小心對白尾說出「我討厭你」，害得白尾必須被大家討厭，這句咒語像在白尾身邊圍起一道高牆，誰都不能靠近他。

初夏準備打破這道牆。

她寫好一張紙條，放在小黃花路旁，朝著五條尾巴遠的白尾說：「路上有張紙條，快撿。」

白尾撿起來一看，起初有點困惑，再繼續往下看，接著便點頭笑了。

兩人走到學校，一左一右的站在校門口。四月老師問：

「發生什麼事了嗎？」初夏沒說。

白尾則大聲對著空氣說：

「請大家都過來。」

難道，白尾準備把咒語轉給下一個人了？

大家都害怕得躲起來，只有四月老師安撫大家：「不要怕，初夏一定有好方法。」於是全校師生都圍在他們身邊，睜大眼睛，想看看他們有什麼神奇的解決辦法。

這時，只見初夏和白尾面對面，初夏點了點頭，他們便一齊大喊：

厭你

哎呀，同時說出咒語，不就表示他們必須一起被討厭嗎？

初夏牽起白尾的手，快樂的說：「今天起，我和白尾不論做什麼，都在一起。」她拉著白尾，立刻跳了支舞，邊跳邊唱：「一二三拍，二二三拍。左二三拍，右二三拍。」

同學們看了都覺得沒意思，逕自進了教室，還說：「身為狐狸，跳什麼舞啊？」

四月老師卻摀著嘴笑了。

「一起」，這兩個字是多麼快樂啊！

現在，初夏與白尾可以一起說話，一起唱歌，還能一起吃乳酪，一起喝果汁。當然，這些食物都是「路上撿到的」。

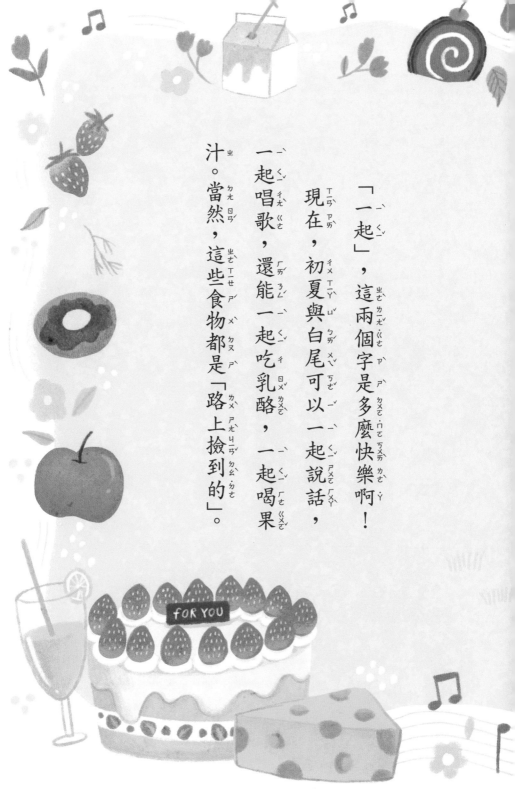

冬天快到的時候，照慣例，狐狸一族得舉辦全族聚會，討論該如何過冬。

白尾媽媽第一個舉手發言：「準備足夠的糧食過冬雖然重要，但是我心中有件事，比吃

飽肚子更重要。我希望每個晚上，都能親親白尾才睡覺。」

白尾的爸爸高聲喊著：「我也是。」

初夏的爸爸媽媽也舉起手，一起說：「同意。」

狐狸村長從沒遇過這種難題，他推了推眼鏡，覺得頭疼：「不如，我們來查查過去的歷史，看看歷史有沒有留下相關的教訓。」

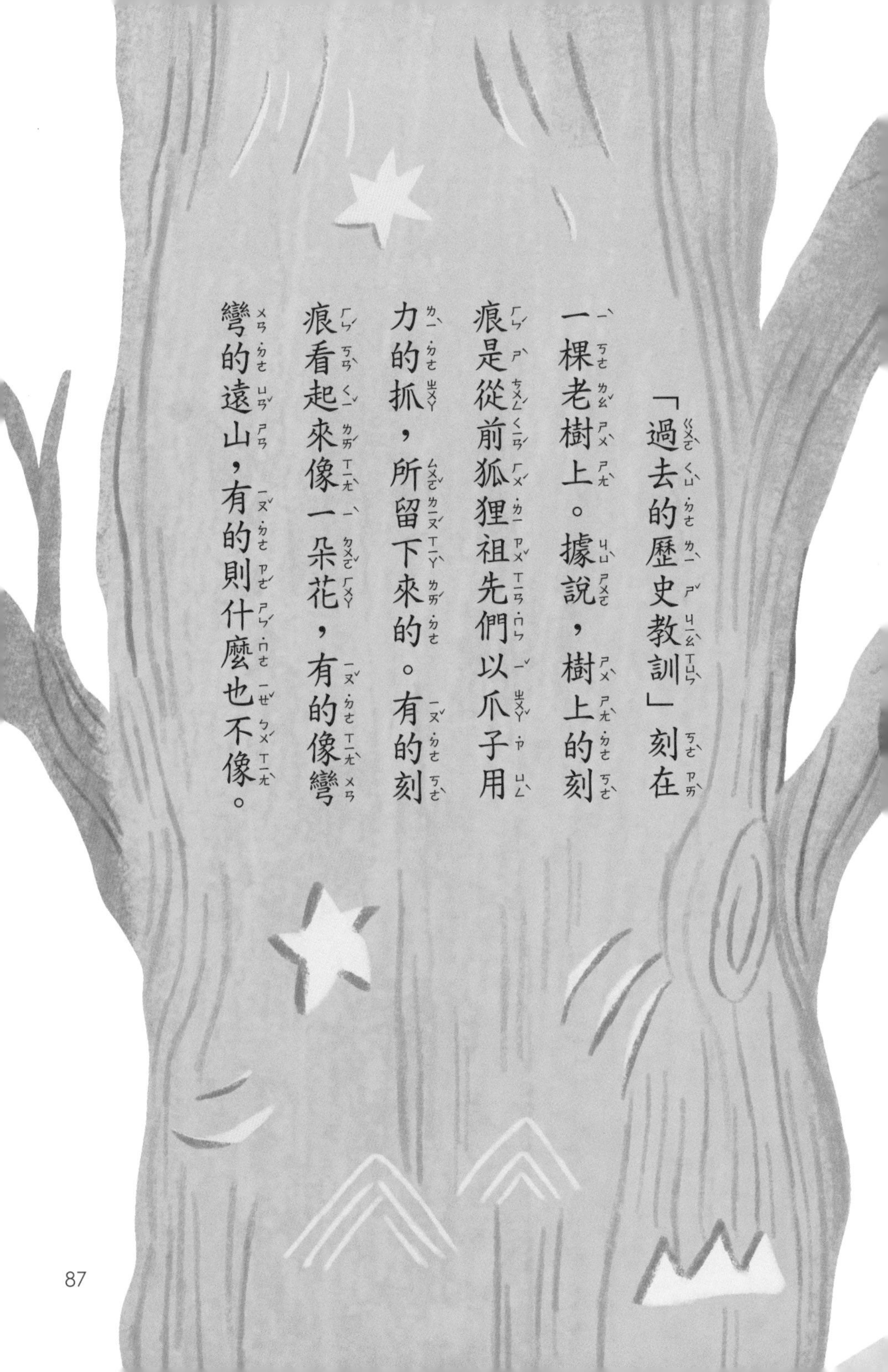

「過去的歷史教訓」刻在一棵老樹上。據說，樹上的刻痕是從前狐狸祖先們以爪子用力的抓，所留下來的。有的刻痕看起來像一朵花，有的像彎彎的遠山，有的則什麼也不像。

狐狸村長抓了抓頭，再推了推眼鏡，覺得頭更疼了。

「因為過去從沒發生過這種麻煩事，不需要解答。因此，這些歷史教訓，其實沒有被認真研究過。換句話說，大家都不懂。」

「說了半天，根本沒有用。」四月老師很失望，她本來想藉這個機會，將「歷史的教訓」寫進課本，來教導以後的小狐狸。

距離大家有五條尾巴遠的初夏，也舉起了手，說：「我看得懂歷史的教訓。」

「哇！」大家都嚇一跳。

狐狸村長問：「真的嗎？」

事情發生得太突然，他居然忘了要對著空氣說，反而滿臉疑惑的看著初夏。

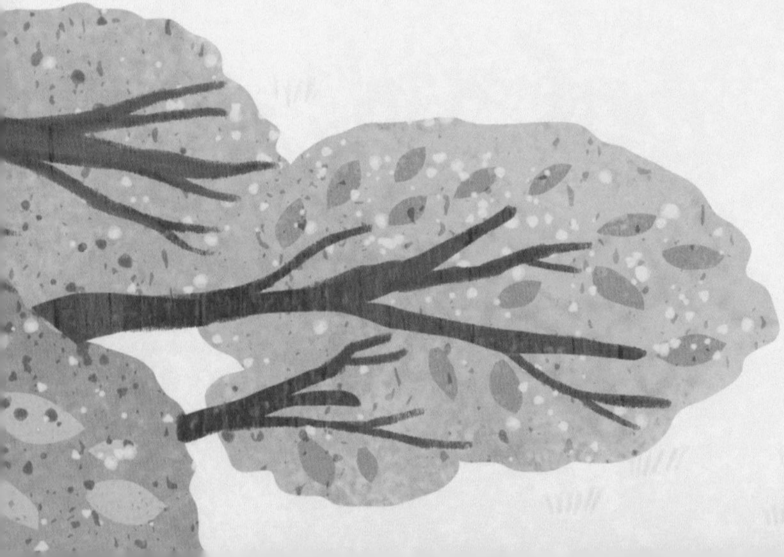

「來吧。」初夏拉著白尾，走到森林的最深處，其他狐狸也遠遠的跟著。

最後，初夏停在一棵高大的老樹下。

她舉起白尾的手，對大家宣布：

「白尾是我們班上最用功的學生，樹上的符號，他一定都懂。」

森林裡一片安靜，樹枝間的蜘蛛忙著結網、樹梢的小鳥在整理羽毛。樹下的狐狸們，全抬起頭，看著那些直的、彎的、圓的、長的、短的，各式各樣的歷史教訓。

白尾真的讀得懂嗎？

白尾也仰起脖子，對著那些符號看了又看，想了又想。

然後，他說：「這些歷史的教訓，全是假的！」

「哇！」這句話把大家都嚇壞了。

四月老師又將尾巴摀著臉，驚訝到說不出話來。

初夏不好意思的笑了，她說：「沒錯，是假的。因為這些符號，全是我刻的。」

村長大叫：「不可能！」

村長是全村最年長、歷練最多的狐狸，在他的記憶中，這些刻痕已經存在很久很久了。在村長小時候，他的爺爺曾經帶著他來看過。

「我記得當時看到樹上的刻痕……」說到這裡，村長卻說不下去了。

他忽然想起來，當時年紀很小，看到的是什麼，早就忘了。

會不會，根本就沒有這麼多刻痕？會不會，當時爺爺說的是：「孩子，你瞧這棵樹多高，它很有歷史呢。」

村長不說話了，他摘下眼鏡，坐在樹下，閉上眼休息。

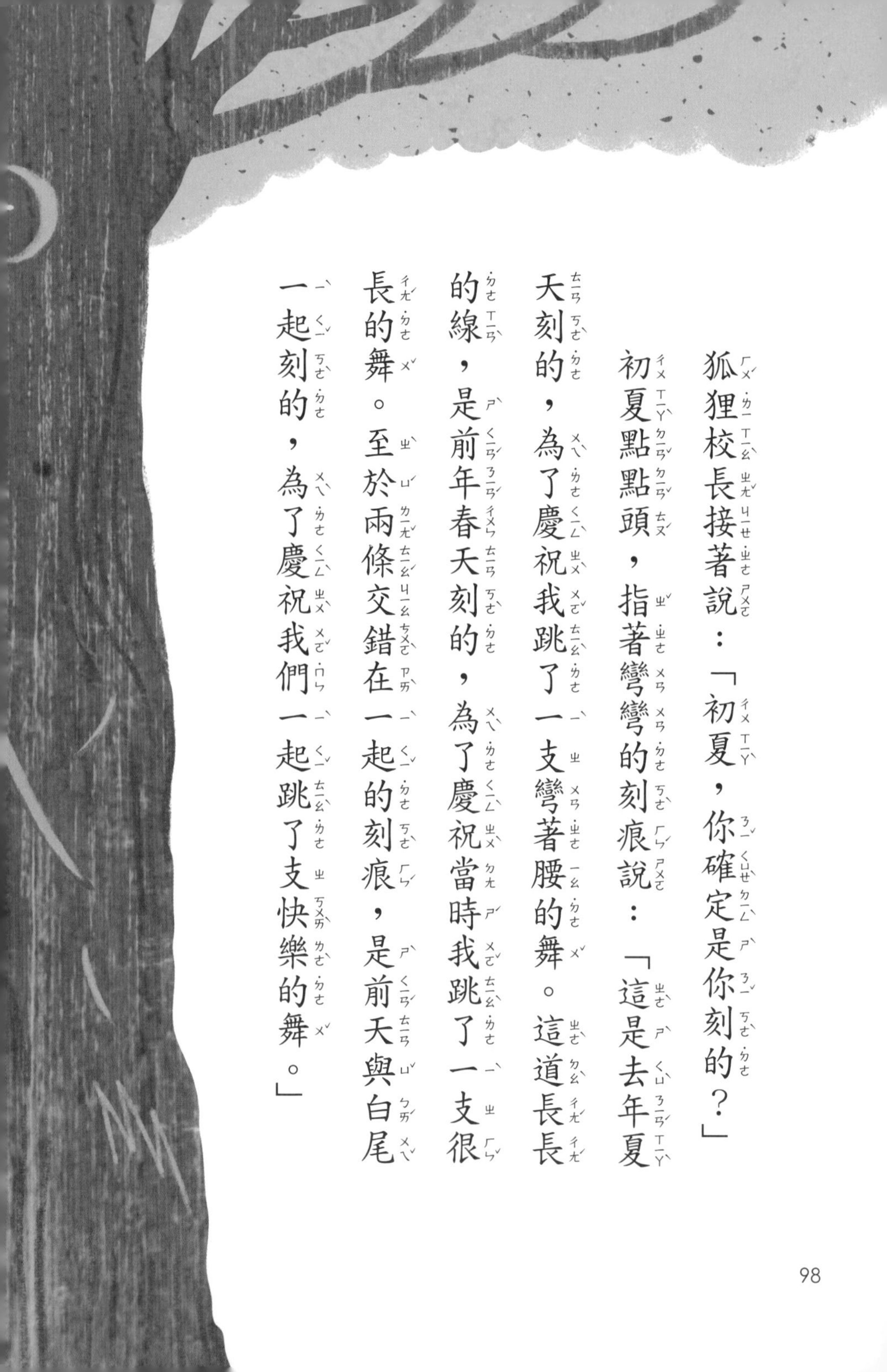

狐狸校長接著說：「初夏，你確定是你刻的？」

初夏點點頭，指著彎彎的刻痕說：「這是去年夏天刻的，為了慶祝我跳了一支彎著腰的舞。這道長長的線，是前年春天刻的，為了慶祝當時我跳了一支很長的舞。至於兩條交錯在一起的刻痕，是前天與白尾一起刻的，為了慶祝我們一起跳了支快樂的舞。」

狐狸村長想清楚了，他戴上眼鏡，慢慢的說：「我以前從來沒認真想過，這個規定到底合不合理？」

他走到初夏與白尾身邊，拉起他們的手，說：「從前，可能曾經有過規定，被說討厭的人，必須被大家討厭。

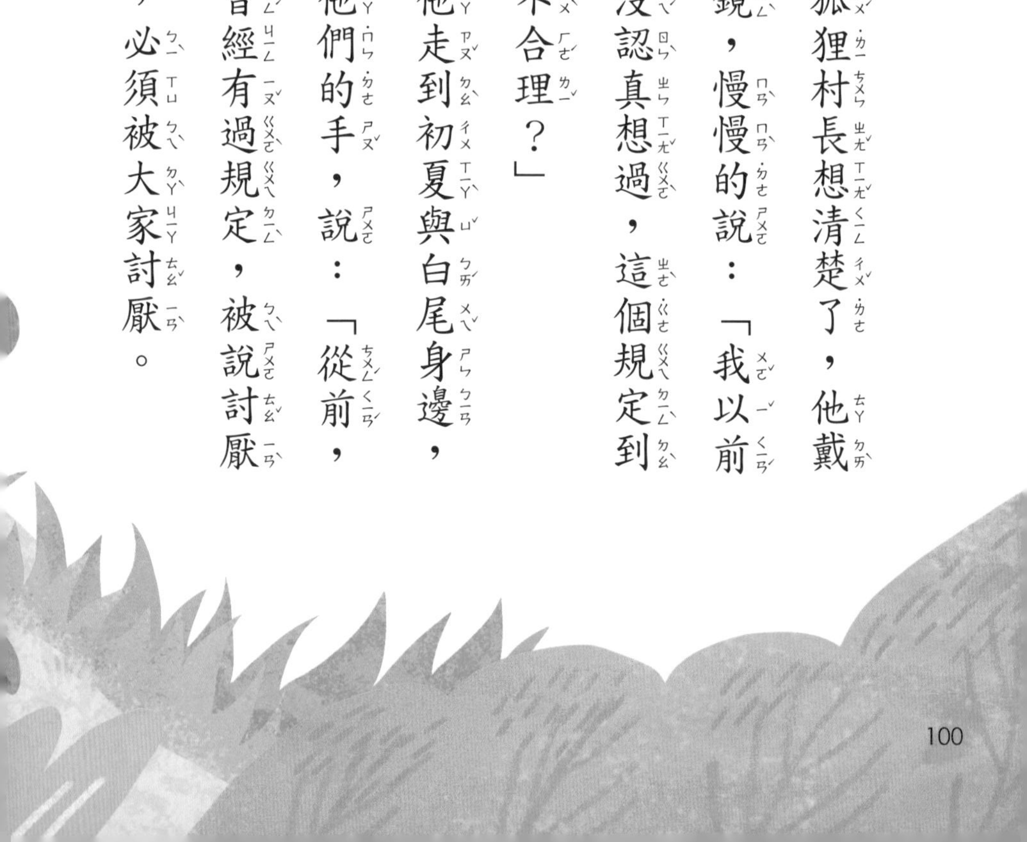

只是，那是從前啊。而且說不定根本沒這回事，說不定是有誰記錯了，又一直錯下來。

或是，那句話只是想提醒大家，不要隨便討厭人。」

四月老師也說：「再說，什麼才是合理的規定呢？」

白尾媽媽說：「比如，爸爸媽媽要愛小孩，小孩也要愛爸爸媽媽。」

大家一齊說：「合理。」

初夏媽媽說：「比如，喜歡跳舞的孩子，就讓她跳吧。」大家點頭說：「這也合理。」

連狐狸村長也提出他認為合理的規定：「睡覺時，可以打呼。」

初夏告訴白尾：「現在我知道了，當我說討厭你時，並不是針對你，而是生氣有人想禁止我跳舞。」

白尾點點頭，也不好意思的說：「對不起。」

初夏也對白尾說：「對不起，害你被討厭。」

不過，白尾覺得，整件事他還是有收穫。

因為，現在他也喜歡跳舞了。

「碰恰碰恰，碰恰恰碰恰。」

樹葉在唱歌，樹枝搖來擺去，
高聳的大樹，也在跳舞。

讀完故事，你是不是還有很多疑問呢？
校長

故事裡，初夏對白尾說出了：「我討厭你！」但她並不是真的討厭白尾，而是生氣有人禁止她跳舞。如果初夏一開始就能知道自己的情緒，並好好把想法說出來，是不是就不會害白尾被大家討厭呢？

《狐狸一族心探險》系列借用薩提爾的冰山隱喻理論架構，幫助你好好了解自己，讓自己變得更好，同時改善「自己與他人」的關係——不論是父母、老師、朋友、同學，甚至是陌生人。

校長，要怎麼了解自己和他人的情緒呢？

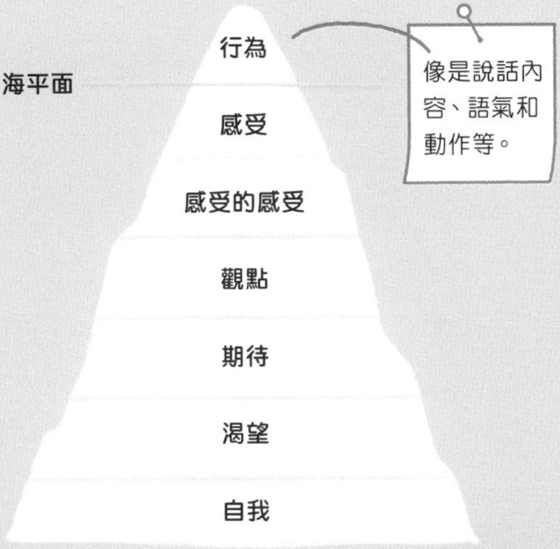

我們做的每件事，常常像是一座冰山，被看見的只有冰山上的「行為」。

透過《不能說的禁忌》，我們知道冰山海面上的「行為」表現和海面下的內在「感受」很可能不一樣。而就像我們看不見海面下的冰山，我們也無法看到別人的內在感受，所以才會產生許多誤會。

要避免誤會，就要先知道對方之所以做出這樣的行為，背後其實有許多原因，知道原因後，才能知道該如何改變。

譬如，初夏的同學嘲笑她的舞蹈，這件事就是一個「行為」，但為什麼他們會做出這樣的行為呢？在做出這樣的行為時，他們的感受是什麼呢？被他們嘲笑的初夏，又會有什麼樣的感受呢？

小檔案

維吉尼亞・薩提爾──Virginia Satir (1916-1988)
美國知名作家與心理治療師，她相信人可以不斷進步、成長和改變，且這樣的轉變能讓人以更正面的態度面對自己。

冰山隱喻理論──Personal Iceberg Metaphor
人的自我就像是一座冰山，而冰山共分成許多層次，依序為海面上的行為，以及海面下的感受、感受的感受、觀點、期待、渴望和自我。

感·受·的·練·習

你做的事情，背後都會有一個心情

冰山下的第一層是「感受」，也是我們遇到事件時——不管是看到或聽到——的第一個行為及反應。

請想想看，在下列的三個練習中，當他們做出這些行為時，心裡的感受可能是什麼？

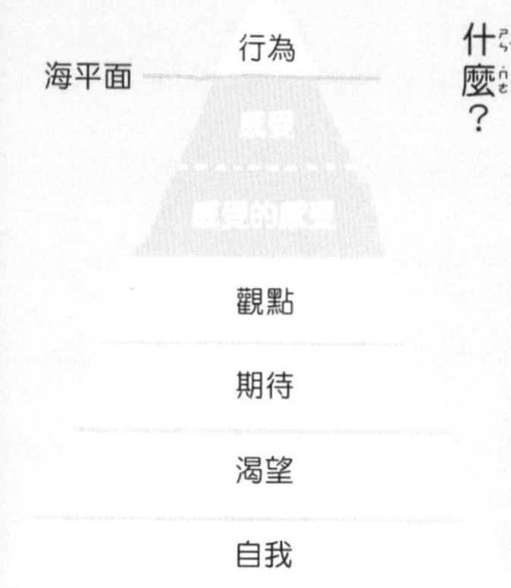

1 根據角色的顏色，將行為連到對應的感受。每一題都沒有標準答案喔。

感受	行為	感受
不在意	同學指責初夏	得意
傷心		不屑
生氣	初夏責罵白尾	害怕
難過		慌張
好玩	同學嘲笑紅狐	害羞
有趣		尷尬

2 而「感受的感受」是對上一層身體與心理的感覺的看法：當你發現自己有某個感受的時候，內心是什麼感覺。譬如初夏說出：「我討厭你。」時，她的感覺可能是生氣，但她同時也對說出這些話感到愧疚。「愧疚」就是感受的感受。

我討厭你。
啊，但這句話會害白尾被全村排擠……我真不應該這樣講！

又或是：

身為狐狸，跳什麼舞啊？
狐狸本來就不應該跳舞，幸好有我們勸告初夏。

3 那些說白尾媽媽沒有遵守流傳下來的規定，會為狐狸一族帶來可怕厄運的人，心裡的「感受的感受」是什麼呢？

不能這樣！

下次遇到任何狀況，可以先靜下心來，想想事件中的自己和他人的感受。說不定，你就會做出跟以前不一樣的反應喔！

國家圖書館出版品預行編目資料

狐狸一族心探險. 1 ：不能說的禁忌／王淑芬 文；蔡豫寧 圖 -- 第一版. -- 臺北市：親子天下股份有限公司, 2022.05
120面；14.8 ×21公分. -- （閱讀123；91）注音版
ISBN 978-626-305-218-5（平裝）

閱讀123系列 ———— 091

狐狸一族心探險 1

不能說的禁忌

作者｜王淑芬
繪者｜蔡豫寧
附錄審定｜程威銓（海苔熊）

責任編輯｜謝宗穎
特約編輯｜游嘉惠
封面設計｜林子晴
美術設計｜曾偉婷、沈虹岑
行銷企劃｜王予農

天下雜誌群創辦人｜殷允芃
董事長兼執行長｜何琦瑜
媒體暨產品事業群
總經理｜游玉雪
副總經理｜林彥傑
總編輯｜林欣靜
行銷總監｜林育菁
副總監｜蔡忠琦
版權主任｜何晨瑋、黃微真

出版者｜親子天下股份有限公司
地址｜台北市 104 建國北路一段 96 號 4 樓
電話｜（02）2509-2800　傳真｜（02）2509-2462
網址｜www.parenting.com.tw
讀者服務專線｜（02）2662-0332　週一～週五：09:00~17:30
讀者服務傳真｜（02）2662-6048　客服信箱｜parenting@cw.com.tw
法律顧問｜台英國際商務法律事務所．羅明通律師
製版印刷｜中原造像股份有限公司
總經銷｜大和圖書有限公司　電話：（02）8990-2588

出版日期｜2022 年 5 月第一版第一次印行
2024 年 9 月第一版第五次印行
定價｜300 元
書號｜BKKCD153P
ISBN｜978-626-305-218-5（平裝）

閱讀123